KB181849

한국 희곡 명작선 42

완전한 사랑

한국 희곡 명작선 42

로맨틱 코미디
완전한 사랑

박정기

평민사

곽정기

완전한 사랑

작의(作意)

나이든 사람들도 볼 수 있는 연극이 있어야 한다는 생각으로 작품을 준비했다. 보편타당하고 이성적이면서 기존의 공연형태로도 나이든 사람들의 흥미와 정서를 충족시키고, 기쁨과 감동을 주는 공연이 있어야 하겠다는 생각으로 작품구상을 하고, 기왕이면 연륜과 경륜이 있는 연기자들이 직접 출연해서 하는 공연이면 더욱 좋겠다는 생각으로 썼다.

평범한 관객이 편안하게 감상하고 즐길 수 있는 연극, 윤정순이라는 건물 청소를 하는 여인의 눈을 통해서 본 나이든 사람들의 사랑 이야기를 무대라는 움직이는 화폭에 그려보았다.

등장인물

윤정순 – 60대 후반의 여자
차숙희 – 화가(60대 초)
권명희 – 화가(60대 중반)
이부열 – 화가(60대 중반)
김형진 – 차숙희의 남편(70세)
사회자 – 60대 초반

때

현대

무대

동일한 무대로 대소도구의 변화의 따라 다른 장소로 변경되어
사용된다.
마지막 장면은 배경 막에 영상을 투사하여 대성리 화야산의 전
경을 보여준다.

줄거리

나이 들어 여가생활 겸 전공을 살리려고, 차숙희는 자신의 화실을 마련해 그림을 그리기 시작한다.

화실이 있는 건물에는 같은 대학의 선배 권명희, 이부열의 화실도 함께 있다.

30년 만에 다시 만난 그들. 특히 차숙희와 이부열은 대학시절 함께 창경원에 가서 스케치도 하고, 연극이나 영화를 함께 감상하며 차츰 사랑을 꽃피웠으나, 차숙희의 애정을 구하려고, 자살행각을 벌인 남학생에 의해 두 사람의 사이는 단절되고, 차숙희는 그 남학생을 따라 파리로 유학을 떠난다.

그리고 30년 뒤, 다시 만난 이부열과 차숙희는 옛날을 회상하고, 이부열이 아직 독신이며, 차숙희를 잊지 못하고, 차숙희의 모습을 그린 그림을 30년이나 간직하고 있었음을 알고, 차숙희는 이부열에게 마음을 살포시 열어준다.

두 사람은 다시 사랑을 하게 되고, 주위사람들도 이것을 눈치 챈다.

권명희는 두 사람의 사랑에 제동을 걸어보지만, 차숙희의 건강, 창작활동이 사랑의 힘으로 가일층 진전되어가고 있고, 가정생활까지도 더 원만해진 것을 알고, 두 사람의 관계를 묵인한다.

차숙희는 개인전을 열게 되고, 성공적으로 마친 후, 이부열과 자신의 화야산 별장으로 뒤풀이를 하러 떠난다.

사랑과 기쁨에 쌓여 달려가는 두 사람, 그러나 그 뒤를 따라 가는 차숙희의 남편 김형진과 권명희.

결국 별장에서 마주친 네 사람은 각자 당황하고 부끄러워하지만, 김형진에 의해 완전한 사랑의 의미를 깨닫게 된다는 줄거리이다.

서장(序場)

청소부 차림의 윤정순이 무대를 비로 쓸고 있다.
청소를 하다가 무대 중앙 객석 가까이 와서 선다.

윤정순　청소를 하면 마음이 다 깨끗해지는 것 같아요. 10년 넘게 여기 이 건물 청소를 하고 있지만 한결같은 마음이에요. 안녕들 하셨어요? 이렇게 구경을 많이 와주셔서 고맙습니다. 이 건물엔 그림을 그리는 사람들이 들어있어요. 요즘엔 나이가 들어서 여가활동을 하는 사람이 많아지고 있죠? 사람들도 노인들의 여가활동을 따뜻한 눈으로들 봐주고요. 세상이 점점 노인들이 살기에 좋아져 가고 있어요. 그만큼 많이 변한 거죠. 노인들의 사랑도, 대담해지고 적극적으로 변하고 있답니다. 제가 이 건물에 든 나이든 사람들의 사랑 이야기를 들려드릴게요. 피곤하신 분은 마음 놓고 주무셔도 돼요. 자 그럼 연극을 시작하겠습니다.

1장. 권명희의 화실

캔버스와 이젤이 놓여있고, 벽에 걸려있거나 기대놓은 그림이 보인다.
권명희와 차숙희가 화실로 들어온다.

권명희   이 건물 전체가 미술하고 관련이 있어. 일층이 미술용품 판매점이고, 이층이 전시장, 여기 삼층이 내 아틀리에, 사층이 이번에 숙희가 쓸 공간이고, 오층도 화실이야.

차숙희   명희 언니 고마워요! 화실 자리가 마음에 들어요. 지하철역 부근이라, 교통이 편리하고, 새 건물이라 깨끗한데다가, 언니 아틀리에가 바로 아래층이니, 의지할 사람이 있어 든든하고요.

권명희   숙희 네 집은 대저택이라, 마당도 넓고, 방이 많아서 집에서 그림을 그려도 될 텐데 왜……?

차숙희   애들 아빠가 정년퇴직을 해서 이젠 집에 있으니, 집에 내외가 늘 같이 있는 것보다는, 서로 따로 생각하고, 휴식하고, 새로운 작업을 할 공간이 필요해서요. 애들 아빠도 찬성을 했거든요.

권명희   어쨌건 그림을 다시 그리겠다니, 잘 생각했어. 나이 들어서 그리는 그림이 젊었을 때보다 좋을 수가 있으니까. 그림에 인생이 투영된다고나 할까……?

차숙희 그림에 인생이 투영된다고요?

권명희 그럼!

이부열 (들어오며) 권 여사! 그룹전 작품 다 되었소? 만날 늦으면 어떡해? 다른 화가들은 다 제출했다고요. 100호 짜리가 아니라도 된다니까…… 아! 이거 손님이 계셨군요? 실례 했습니다. 아니? 이게 누구야? 차숙희…… 맞다! 차숙희 지? 칠팔(78)학번 차숙희!

차숙희 이부열 선배!

권명희 두 사람 아는 사이야?

차숙희 이부열 선배를 왜 몰라? 학교 다닐 때 국전에 세 번 연속 으로 특선해서 추천작가가 되셨고…….

권명희 어머! 잘 아네…… 바로 오층이 이 선배 아틀리에야.

이부열 오랜만이에요. 반가워요. 숙희 씨.

차숙희 아직도 제 이름을 기억해 주시는군요? 고마워요. 국전 심사위원 명단에 선배님 성함이 늘 있는 걸, 신문이나 미술잡지에서 읽어서, 선배님 동정은 잘 알고 있었어요.

이부열 그랬군요.

권명희 이 화백! 그런데 어떻게 삼십년 전의 여학생의 모습하고 이름을 기억해요?

이부열 머리만 희끗희끗하지 얼굴이 옛 모습 그대로라서…….

권명희 그래도 이름까지 기억한다는 게……?

이부열 아! 그게…….

핸드폰 소리가 들린다. 차숙희가 핸드폰을 꺼낸다.

차숙희 네, 그거요? 삼층장 맨 오른편 서랍에 있어요. 거기에 없
다고요? 아니에요. 의료보험카드는 늘 거기다 두거든요.
네? 오늘이 종합검진 받는 날이에요? 아! 차에 있나봐
요. 며칠 전에 내가 종합검진 받으려고 서울대병원에 갔
었는데, 다녀와서는 차에 두고, 안 꺼냈어요. 여보. 지금
금방 갖고 갈게요. (두 사람에게) 집에 가봐야 하겠어요. 이
선배님 반가웠습니다. 오층에 계신다니, 자주 뵙겠네요.
명희 언니! 나 집에 갈게요. 그럼……. (절하고 나간다)

이부열 어서 가보세요.

권명희 내일 봐!

차숙희가 퇴장한다.

이부열 그럼 사층에 새로 들어온다는 화가가……?

권명희 차숙희에요. 오십이 넘어서 다시 그림을 그리기로 결심
을 했대요. 잘 아는 사람들끼리 한 건물에서 작업을 하
게 되어서 다행이에요. 그런데 뜻밖인데요? 이 화백처럼
여자들에 대해 무심한 사람도 없는 줄 알고 있었는데,
어떻게 숙희의 이름까지……?

이부열 궁금해?

권명희 궁금하지.

이부열   여름방학이 되고, 나는 집에 화실이 없어서 학교에 나와 그림을 그렸는데, 그리다가 잠시 밖으로 나가 담배를 피우고 있었지, 그런데 여학생 한 명이 다가오더니 담배 한 개비 줄 수 없느냐고 그러는 거야. 요즘은 담배를 피우는 여대생이 많지만 30년 전에는 드물었거든…… 그래 놀랐지만 한 개비를 주면서 불까지 붙여주었지. 그 여학생이 숙희였다고…….

권명희   숙희가 맹랑한 데가 있었네.

이부열   그 후에 학교 너머 창경원에 스케치를 하려고 함께 가기도 했지. 당시에는 창경원 안에 동물원도 있었고…….

권명희   그래, 지금은 창경궁이고, 동물원은 서울대공원으로 옮긴 지 오래 되었고, 미대생들이 크로키나 스케치를 하러 자주 그리로 갔던 기억이 나네…….

이부열   그런데 창경원 직원이 우리를 보더니, 동물 우리에 작게 붙여놓은 동물이름, 예를 들면, 벵갈 산 호랑이니, 호주 산 캥거루니 하는 표지판을 달지 못한 칸이 많으니, 다 그려주면 2학기 등록금을 내주겠다고 제안을 하는 거야…….

권명희   와우!

이부열   그래서 같이 다니면서 가까워졌지…… 그 일로 2학기 등록금도 내게 되었고…… 그랬는데 2학기 개강을 한 지 얼마 되지 않은 어느 날…… 강의실로 숙희가 얼굴이 하얗게 되어서 달려 온 거야…….

권명희   아니 왜……?

이부열   미술대학 캠퍼스 옆에 왜 ROTC 강의실이 있었지?

권명희   있었지.

이부열   거기서 남학생 한명이 자해행위를 한 거야. 손목의 동맥
을 칼로 그은 거지, 차숙희가 자신의 마음을 받아주지
않는다고…… 선혈이 낭자해지고, 남학생이 쓰러지니까,
숙희는 가까운 작업실에서 그림을 그리던 나를 찾아와
급한 상황을 설명했지. 나는 곧바로 남학생을 업어다. 서
울대병원에 입원 시키고, 혈액형이 나와 똑같기에 그 남
학생에게 수혈까지 해서 원기를 회복시켰지. 차숙희는
가까웠던 나 대신, 자해를 한 학생과 더 가까워지게 되
었고…… 미대를 졸업한 후에 두 사람은 결혼을 해서 나
란히 파리로 그림공부를 하러 떠났지. 그게 삼십 년 전
일이었고, 그 뒤 소식은 못 들었는데, 여기서 만날 줄이
야……

권명희   오! 드라마틱한 사연이네?

이부열   드라마틱하지.

권명희   그런 일이 있어서 평생 결혼을 안 하고 살았군?

이부열   그건 아니고, 어쩌다 보니 그렇게 된 거지.

권명희   차숙희하고 그런 일이 있었구나…….

이부열   삼십 년 전 일인데 뭐…… 이제는 기억도 가물가물해.
그리고 명희 씨 같은 좋은 친구가 늘 내 옆에 있는데
뭘……? 참! 깜빡했네. 그룹전 출품작, 내일까지 시립 미

술관에 갖다 줘야 해. 그림 다 됐어?

권명희 오늘 겨우 완성했어. 내일 보내야지. 그림 볼래요?

캔버스를 객석을 향해 돌려놓는다.
아름답고 풍만한 여인의 누드화가 잘 그려져 있다.

이부열 오우! 훌륭한데! 모델이 누구야?

권명희 나야. 나를 그린 거라고.

이부열 권명희의 누드라고? 삼십 년 전의 모습인가?

권명희 아니야, 지금 내 모습이야, 약간의 과장은 있었지만…….

이부열 아름다워! 멋져! 근사해! 명희! (권명희에게 바싹 다가간다)

권명희 갑자기 왜 이래? 저리 가! (이부열을 밀친다)

이부열 (연극하듯 팔을 벌리고) 오! 명희 씨! (다가간다)

권명희 어머머? 저리 비켜! 아이고 홀아비 냄새!

이부열 뭐야? (자신의 옷의 냄새를 맡는다) 에이! (나간다)

권명희 하하하……!

2장. 차숙희의 화실

이젤과 캔버스, 팔레트와 팔레트 나이프, 물감, 붓, 테레핀, 린시드 액이 들어있는 용기가 가지런히 놓여있다.

차숙희가 에이프런을 두르고 그림을 그리고 있다.

윤정순이 화실을 청소하다가 차숙희가 그리는 그림을 본다.

윤정순　그림을 아주 좋게 그리시네요. 요새는 이런 그림이 드문데…….

차숙희　그림 좋아하세요?

윤정순　네, 어려서부터 그림을 좋아했는데, 기회나 여유가 없었고, 그림을 좋아하다보니, 여기 있는 화랑이나, 전시장마다 청소를 하면서 이름난 화가들의 그림을 가까이서 보는 거죠. 그런데요, 이런 말을 해도 되는지 모르지만, 요즘엔 이름이 난 화가들의 작품일수록 볼품이 없는 작품들이 있더라고요.

차숙희　어머! 그래요? 그럴 리가……?

윤정순　이름이 나기 전까지는 죽어라고 그리다가, 이름이 난 후에는 대충 그리는 화가들도 있거든요.

차숙희　저런! 그게 정말이에요?

윤정순　그럼요. 그런데 지금 그리시는 그림은 꽤 맘에 드는데요. 이름이 안 나셨나 보죠?

차숙희 호호호..! 네. 삼십 년 만에 그리는 걸요. 결혼 후에는 안 그렸어요. 그래서 그런가? 그리기가 힘들어요.

윤정순 그래도 인상파 화가들의 색감과 야수파 화가들의 선을 사용하시는 것 같아서 그림이 여간 좋지가 않네요.

차숙희 네? 인상파하고, 야수파 그림을 아세요? 화집을 구해서 보셨나 보죠? 하긴 화집들이 많이 소개가 되고, 출판도 많이 되었더라고요.

윤정순 화집을 본 게 아니라, 파리 루브르 미술관에 가서 직접 봤거든요.

차숙희 파리에 가셔서요? 어머!

윤정순 대부분의 노인들은 관광버스를 타고, 쿵작거리며, 국내 나들이를 하지만, 나는 노인연금 탄 것과 일을 해서 저축한 걸로 세계 각국을 다니거든요. 그리고 술 담배를 안 해요. 그런 건 인생을 좀먹는 거라고 생각을 하기 때문에……

차숙희 보기하고는 다르세요. 참 훌륭하세요.

윤정순 훌륭하기는요? 별 말씀을 다…….

차숙희 존경스럽네요. 저도 파리에서 공부했었는데…….

윤정순 어머! 그러세요?

차숙희 네, 그런데 파리에도 다녀오시고, 세계 각국을 다녀오셨으면서 어떻게 청소부 노릇을 하세요?

윤정순 청소를 하는 사람이 있어야죠. 세상에는 주변을 더럽히는 사람이 대부분인데…… 나라도, 아니 나부터라도 청소를 해야죠. 깨끗하면, 정신까지 맑아지잖아요? 그리고 직업에 귀천이 있나요? 나이가 들었어도, 나처럼 움직여야…… 용돈도 벌고, 건강도 유지하죠.

차숙희 청소하는 성자(聖者)세요.

윤정순 원 별소리를 다…… 제가 괜한 얘기를 했나 봐요. 그림 얘기를 하다가, 난데없이 청소 얘기가 나와 가지고…… 나도 옛날에 그림공부를 할 걸, 하고 가끔 생각해요.

차숙희 지금이라도 그림을 그리지 그러세요. 그림 그리는데 이르고 늦는 게 있나요? 수채화를 하시면, 유화보다 돈도 덜 들어요. 그 뿐인 줄 아세요? 유화물감을 개어서 쓰는 린시드 액이나, 테레핀 액이 암 발병 원인이 된다잖아요.

윤정순 저런! 왜 그걸 여지껏 몰랐지?

차숙희 수채화 물감은 안 그래요. 수채화 소품을 그리세요.

윤정순 청소부가 그림을 그린다고, 사람들이 비웃지 않을까요?

차숙희 비웃다니요? 방금 직업에는 귀천이 없다고 말씀하시고선……? 그림을 그리고 싶으시면, 여기 와서 그리세요. 내가 그리는 법을 가르쳐 드릴 게요.

윤정순 정말? 아이고, 모습도 어여쁘시지만 마음씨도 천사 같으시네. 고맙습니다. 생각해 보고 결정할게요. (나가려 한다)

차숙희 잠깐만요. 성함을 물어봐도 될까요?

윤정순 내 이름이요? 윤정순이에요.

차숙희 그럼 수고하세요. 정순 아줌마.

윤정순 네. (나간다)

차숙희 (그림을 그리며 노래를 부른다)

눈으로 사랑을 그리지 말아요,

입술로 사랑을 말하지 말아요.

영원한 사랑을 바라는 사람은

사랑의 진리를 알지요.

참 사랑은 가난함도 부요함도 없어요,

괴로우나 즐거우나 주와 함께 나눠요.

나의 가장 귀한 것 그것을 주는 거예요.

이부열 (들어오며) 노래 소리가 하도 아름답기에 들어왔습니다. 학교 다닐 때에도, 강의실에 혼자 남아 그림을 그리면서 부르는 숙희 씨의 노래를 복도에 서서 듣곤 했죠. 어떤 날엔 그치지 않고, 계속 노래를 부르며 그림을 그리시기에 몇 시간이나 복도에 서 있던 때도 있었습니다.

차숙희 그러셨군요? 전 전혀 몰랐어요. 어려서부터 노래 부르는 것을 좋아했기 때문에 그냥 부른 건데…… 몇 시간씩 제 노래를 들으셨다니…… 얼마나 힘드셨을까? 죄송해요.

이부열 천만에요. 숙희 씨의 노래를 듣는 게 얼마나 즐거웠는데요. 노래를 들을 수 있어 행복하다고 생각했었거든요.

차숙희 행복하다는 생각까지요?

이부열 학교 다닐 때 지금은 창경궁이라 부르지만, 창경원에 함께 갔던 것 기억하십니까?

차숙희 창경원에요? 그럼요. 기억하고말고요. 그때가 입학하고 첫 여름방학이 시작되는 날이었죠. 다들 즐거운 마음으로 일찍 집으로 돌아가려는데, 사학년 작업실에서 선배님이 혼자 그림을 그리고 계신 걸 발견했죠. 그때 선배님 모습이 외국 영화배우 같으셨어요. 참 멋지셨죠. 학창시절에 상영한 이태리영화 나체의 마야에 마야로 출연한 에바 가드너와 함께 출연한 화가 고야 역의 안소니 프랜시오사와 같은 모습이셨어요, 아니 더 미남이셨어요.

이부열 원 별소리를 다…… 그렇게 봐 주셨다니 고맙습니다. 나도 그 영화를 본 기억이 납니다. 300년 전 스페인에서 일어난 일인데, 화가 고야가 공작부인인 마야의 나체를 그렸다고 해서 종교재판에 회부되었고 중형을 선고 받았지만, 같은 모습의 정장을 한 마야의 모습을 그리겠다는 약속으로 선고유예가 내려졌습니다. 에바 가드너와 안소니 후란시오사는 당시 인기스타였죠. 기억하고 있습니다.

차숙희 선배님을 화가 고야로 출연한 영화배우와 같다는 생각에 용기를 내고 큰마음 먹고 다가가, 피울 줄도 모르면서 담배 한 개비를 달라고 청했죠. 놀라시는 모습이었지만 선뜻 주시고 불까지…… 그리고 제가 창경원으로 함께 스케치 하러 가지 않겠느냐고 말씀 드렸더니 선배님은 더욱 놀라는 눈으로 한동안 바라보더니, 고개를 끄덕이셨어요.

이부열   오! 자세히도 기억하는군요.

차숙희   함께 가서 창경원과 바로 옆에 비원에도 들려서 고궁 스케치를 했었죠, 창경원 직원의 청한 대로 동물 우리의 표지판을 그리기도 했구요. 함께 그림을 그리면서 선배님이 시를 읊어주셨죠. 영화…….

이부열   흑인 오르페오!

차숙희   흑인 오르페오의 시를요. 오르페오가 죽은 에우리디체의 시체를 안고 가며 읊은 시를요…….

글루크 작곡의 오르페오와 에우리디체 중에서 "정령들의 춤"의 감미로운 음악이 흘러나온다.

이부열   밤은 새어가오
내 마음은 잠들은 비둘기처럼 평화롭소.
에우리디체!
내게 새 날을 마련해 주어서 고맙소.
당신은 내 품속에 있고
깨어날 수 없이 깊이 잠이 들었지만
나는 잠들은 아이처럼 포근한
당신 속에 함께 있다오.

차숙희   오! 그때 그 시! 선배님은 제게 들려주신 그 시를 아직도 기억하고 계시는군요?

이부열   기억하고말고요. 영화 흑인 오르페오의 여주인공과 숙희 씨의 모습이 흡사했던 데다가, 숙희 씨를 처음 본 순간······.

차숙희   처음 본 순간······?

이부열   가슴이 따뜻해지기도 했구요.

차숙희   어머! 선배님!

이부열   그런데 숙희 씨가 삼십 년 만에 다시 나타났습니다. 놀라운 것은, 나를 기억할 뿐 아니라, 창경원이나 비원에 함께 간 것까지도 기억하고 있다는 겁니다. 게다가 삼십 년 만에 만난 숙희 씨의 모습이 내가 처음 숙희 씨를 봤을 때와 변함이 없다는 사실입니다. 혹시 숙희 씨가 아니라, 숙희 씨 따님이 아닌가요?

차숙희   제 딸이라뇨? 제가 숙희에요. 전 이제 다 늙은 할머니라고요.

이부열   할머니라뇨? 아름다운 희끗희끗한 머리칼, 단정하고 이지적인 모습, 아름다운 음성, 이 모든 것이 학교 다닐 때보다도 훨씬 아름다워지셨습니다.

차숙희   오! (얼굴을 손으로 가린다)

이부열   볼이 붉어지시니 더욱 아름다우십니다!

차숙희   그만 하세요! (돌아선다)

이부열   아! 내가 괜한 소리를 한 것 같군요? 노여우셨다면 사과드리겠습니다.

차숙희   노엽다니요? 그렇지 않아요. 그 반대에요. (되돌아서며) 고마워요. (살포시 기댄다)

이부열   숙희 씨! (부드럽게 포옹한다)

윤정순   (들어오며) 그림 그릴 도구를 갖고 왔어요! 어머머!

두 사람 포옹을 푼다. 윤정순이 입을 벌리고 서 있다.

3장. 이부열의 화실

이부열의 화실. 이젤 위에 캔버스가 놓여있다.
캔버스가 여기저기 놓여있고, 의자가 두 개 중앙에 있다.
무대 오른쪽으로 조그만 침상이 마련되어 있다.
이부열을 따라 차숙희가 화실로 들어온다.

차숙희   선배님의 그림을 보고 싶었어요. 학교에 다니실 때는, 다
른 학생들은 구상화나 사실화를 그렸는데. 선배님 혼자
서 비구상이나 추상화를 하셨죠. 그래서 국전에서 세 번
내리 특선을 해서 추천작가가 되셨구요.

이부열   피카소나 브라크의 그림을 좋아했으니까요.

차숙희   재학시절에 추천작가가 되신 분은 선배님이 제일 먼저
셨죠?

이부열   그땐 그랬죠.

차숙희   저는 선배님의 그림이 좋았어요. 그리고 색감이랑 표현
이 얼마나 독특하고 강렬했다고요.

이부열   고맙습니다. 좋게 봐주셔서요. 하지만 구상화나 사실화
도 경우에 따라서는 그렸습니다.

차숙희   경우에 따라서요?

이부열   이 그림을 보시겠습니까?

벽에 돌려세운 캔버스를 정면으로 놓는다.

젊은 시절의 차숙희의 모습이 60호 크기의 그림으로 그려져 있다.

차숙희 오! 어떻게 이 그림이……? 나를 그리셨군요? 이건 내가 학교 다닐 때의 모습인데……? 언제 이 그림을 그리셨어요? 삼십 년 전에요?

이부열 (고개를 끄덕인다)

차숙희 이럴 수가! 삼십 년 전에 이 그림을 그리시고, 여지껏 이 그림을 간직하고 계셨단 말이에요?

이부열 (고개를 끄덕인다)

차숙희 오! 어쩜……!

이부열 숙희 씨 생각이 날 때면, 이 그림을 보면서 숙희 씨 생각을 했죠.

차숙희 오! 나는 그러리라곤 전혀 생각도 못하고…… 나는 그저 민영 씨를 따라 파리로……! 명희 언니 말씀으로는 선배님께서 결혼을 여지껏 안 하셨다고 그러든데, 그게 바로 저 때문이었나요?

이부열 글쎄요……? 그렇다기보다 그냥 그렇게 된 거죠 뭐……

차숙희 저는 결혼을 두 번씩이나 했는데……학창시절에 여학생들에게 제일 인기가 많았던 선배님께서 아직까지 결혼을 안 하신 이유가……, 바로…… 선배님! 미안해요! 선배 가슴에 상처를 남겼군요? 미안해서 어떡하죠? (다가가 가슴에 기댄다)

이부열 (부드럽게 포옹하며) 미안하긴? 괜찮아요. 그림을 괜히 보여
드렸나 봐요.

차숙희 괜히 보여 주시다니요? 삼십 년이나 내 생각을 하셨는
데…… 오! 어떡하면 좋아? 이 선배!

이부열의 입술에 자신의 입술을 댄다.

윤정순이 왼쪽에서 들어오다가 놀라며 물러선다.

4장. 이부열의 화실

어둠속에서 남녀의 소리가 들린다.

차숙희   선배! 저를 꼬옥 안아주세요.

이부열   이러면 안 되는데…….

차숙희   괜찮아요, 어서 안아주세요. 어서요.

이부열   숙희!

차숙희   더 꼬옥요. 더요…….

이부열   숙희!

차숙희   선배, 사랑해요!

이부열   숙희!

문밖에서 윤정순이 귀를 기울이다 물러간다.

5장. 권명희의 화실

권명희가 감미로운 음악을 들으며 차를 따라서 마신다.
잠시 후 윤정순이 들어온다.

윤정순   말씀드릴 게 있는데, 방해가 안 되겠어요?

권명희   무슨 말씀인데요? 좀 앉으세요. 차 한 잔 드세요. (차를 따른다) 청소하기 힘드시죠?

윤정순   (앉으며) 아니요. 전혀…… 우리 영감은 칠십이 다 되었는데, 지금도 도배를 하러 다녀요. 우리 영감뿐 아니라, 요즘엔 연극하는 사람들은 일거리가 없으면, 막 노동도 마다않고 하거든요.

권명희   참! 아드님이 연극을 한다죠? 연극인이라고 들었는데, 막노동까지 하나 보죠?

윤정순   하죠. 음악이나 미술은 많이 좋아졌지만, 연극은 힘들어요. 생활하기 조차도요. 생활이나, 환경이 열악해도 연극을 한다는 긍지 하나로 버티고, 어려운 속에서 심혈을 기울인 좋은 작품을 만들어내서, 많은 사람들에게 감동을 주지만, 생활은 나아지지를 않아요. 대다수의 사람들이나, 나라의 지도자들은, 대중예술에만 관심을 기울이고, 방송이나 언론도 대중예술가만 부각시켜서 대중예술가들은 점점 부유하게 되어 가고 있지만, 순수 예술가는 점점 가난해 가거든요. 선진국에서는 순수 예술가도 대접을 해준다는데……. 특히 연극인들한테는 더욱…….

권명희   선진국은 문화정책도 앞장섰으니까요. 우리나라도 앞으로는 나아질 거예요.

윤정순   그럴까요? 순수예술하고 대중예술하고 구별할 줄 아는 지도자가 나왔으면 좋겠어요.

권명희   그러게요, 우리가 20여 년 동안 대중예술가를 선호하는 지도자만 뽑았으니…….

윤정순   누가 아니래요?

권명희   그래 무슨 말씀을 하시려고……? 하실 말씀이 있다고 하시더니…….

윤정순   아이 참! 글쎄……? 어떻게 말씀을 드려야 할지 모르겠네……?

권명희   말씀해 보세요. 나이든 사람들끼리 못 할 말이 어디 있겠어요?

윤정순   그렇담 말씀 드리겠어요. 실은 나이든 사람들이 다 늦게 정분이 나가지고, 남편이나 아내 모르게 정을 통하는 걸, 권 선생님은 어떻게 생각세요?

권명희   우선 차부터 드세요, 허브차라 향이 좋습니다.

윤정순   그러죠. (마신다)

권명희   우선 윤리나 도덕적으로 얘기하자면, 불륜은 규범에서 벗어난 거죠.

윤정순   그렇죠? 나쁜 거죠?

권명희	그럼요. 그런데…….
윤정순	그런데 뭐요?
권명희	윤리와 도덕을 떠나서는, 섹스를 한다는 것도 밥을 먹는 것처럼 욕망의 충족이거든요. 거의 대부분의 노년의 부부가 윤리나 도덕감이 아니고, 자신들도 모르는 사이에 섹스에서 자의건 타의건 멀어지고, 동떨어져 있거든요. 아주머니는 아저씨가 자주 안아주세요?
윤정순	안아주기는요? 말하는 것도 하루에 몇 마디뿐이에요. "밥 줘" "피곤하네!" "자자."
권명희	당연한 거라고 생각하세요?
정순	그렇지는 않지만 늙었으니까, 그러려니 하는 거죠.
권명희	나이가 들었어도 건강하면, 욕망이 줄어들지는 않죠. 규범을 떠나서 남편이나 아내 이외의 이성에게서 욕망을 느끼고, 또 충족시킬 수도 있다는 거죠. 그건 배고플 때 식사를 집에서 하거나, 음식점에서 사 먹거나 하는 것처럼, 그저 단순히 성적욕구를 충족시키는 행위로 생각할 수도 있다는 거죠. 우리가 스포츠를 즐기는 듯이요.
윤정순	스포츠를 즐기는 듯이요? (입을 벌리고 다물지를 못한다)
권명희	입 좀 다무세요. 턱 떨어지겠어요. 차 드세요.
윤정순	(차를 마신다)
권명희	아내를 나이 들었다고 외면하면서 외도를 하는 남자가 얼마나 많은지 아세요? 물론 남편이 나이가 들었다고 바람을 피우는 아내도 있지만요.

윤정순   아— 세상이 망했구나! 오! 부처님! 하느님! 공자님! 북
두칠성님!

권명희   고정하세요! 그래 아주머니 쥔어른이 바람이 나셨나보죠?

윤정순   그게 아니라, 이 건물 사층과 오층의 남녀가 매일 오층
에서 쿵작쿵작…….

권명희   네?

6장. 차숙희의 화실

차숙희의 그림을 들여다보는 권명희.

권명희   그림이 참 좋군! 얼굴도 여기 처음 왔을 때보다 좋아졌
고, 몸도 더 건강해진 것 같고, 행복해 보이기까지 한다.

차숙희   어머! 그래요? (거울을 꺼내 본다)

권명희   네 남편은 좀 어때? 지난번 종합검사 받는다는 얘기를
들은 것 같은데……?

차숙희   건강에 아무 이상 없다고 결과가 나왔어요.

권명희   아! 그래? 다행이로구나. 그런데 숙희야, 실은, 나 물어볼
게 있는데…….

차숙희   새삼스럽게 무얼? 뭔데요? 물어보세요.

권명희   숙희, 너 연애하니?

차숙희   언니! 그걸 어떻게 알았우?

권명희   연애를 하면 예뻐진다는 것이 어디 젊은 사람들 뿐이겠
니? 내가 눈치가 얼마나 빠른데, 네가 연애하는 걸 모를
까봐?

차숙희   언니! 나 어떡하면 좋아? 나, 사실은 연애해요. 그리고
좋아 죽겠어. 행복하기까지 해요.

권명희   상대가 이부열 화백이야?

차숙희   어머! 눈치 채셨구려? 언니는 못 속이겠다.

권명희 그게 사실이로구나?

차숙희 네.

권명희 요런! 얌전한 개가 부뚜막에 먼저 올라간다더니……? 그럼 네 남편에게는 어떻게 대하고?

차숙희 처음에는 죄송하다는 생각도 들었어요. 그래서 의식적으로 내 남편한테 더 잘했죠. 그랬더니, 남편은 조금도 의심하지 않고 만족해하더라고요.

권명희 그럼 이부열 선배한테는?

차숙희 이 선배한테도 열정적으로 대했어요. 언니한테 하는 얘기지만, 요즘엔 이 선배 곁에만 가도 내 몸이 뜨거워지는 걸요. 처음에는 죄책감에 사로잡혀, 이 선배에게 다시는 내게 가까이 오지 말라고 했어요. 가까이 오면 내가 죽어버리겠다고…… 나 자신도 이 선배와 만나지 않겠다고 결심하고, 하느님한테 맹세까지 했어요. 그랬는데 글쎄 내 몸이 나도 모르게 이 선배를 찾는 거야…….

7장. 이부열의 화실

이부열이 침대에 누워 책을 읽고 있다.
차숙희가 들어온다.

차숙희 이 선배!

이부열 숙희!

차숙희 이 선배를 안 만나려고 맹세했는데, 이 선배 생각밖에 안 나! 아무 일도 손에 안 잡히고, 그림을 한 장도 못 그리겠어. 나 어떡해?

이부열 무슨 쓸데없는 소리를? 다른 생각할 필요 없어! 나를 만나고 싶을 땐 언제든지 와! 아무도 모르게 사랑해 줄게! 내가 죽을 때까지 말이야!

차숙희 (달려들며) 죽는다는 소리하지 마! 죽으면 싫어! 죽으면 죽여 버릴 거야! 미워! (품으로 파고든다)

이부열 숙희! (끌어안는다)

열정적인 음악과 함께 암전된다.

8장. 차숙희의 화실

다시 조명 들어오면 권명희와 차숙희가 대화를 계속한다.

권명희   사랑을 하고부터 그림도 좋아지고, 더 건강해지고, 내가
          보기에도 숙희가 생동감과 활기에 차있어. 그런데, 이건
          다른 얘기지만, 이부열 씨 얘기로는 숙희가 파리에 갔을
          때 같이 간 남자가 있었다는데…… 그 남자가 지금의 남
          편이야?

차숙희   아! 그 사람하고는 헤어졌어요, 자살을 하려고 손목까지
          칼로 긋기에, 목숨을 걸고 나를 사랑하는가 보다 하고,
          그 사람을 따라 파리까지 갔었는데, 의처증이 심한 사람
          인 줄 누가 알았겠어요? 의처증으로 터무니없이 내개 폭
          력을 휘둘렀어요. 그것도 자주요. 파리에서는 이를 악물
          고 참았는데, 귀국해서도 폭력을 휘두르기에 이혼소송
          을냈죠. 승소를 해서 헤어졌고, 혼자 살 생각으로 한동안
          외출도 안 했었죠. 그런데 집안끼리의 중매로 지금 우리
          남편을 만났고, 훤칠한 키에 잘생긴 모습에다가 자상한
          마음씨에다가 과묵한 성격이었어요. 한번 보고 마음에
          들어 결혼하게 되었어요.

권명희   오! 그랬구나! 어쨌건 숙희 개인전이 얼마 남지 않았으
          니, 그림 열심히 그려, 작품에 도움이 된다니, 사랑도 열

정적으로 하고.

차숙희   언니! 이해해 줘서 고마워요. 명희 언니 사랑해요.

권명희   입술에 침이나 발라!

9장. 권명희의 화실

권명희가 그림을 그리고 있다.
이부열이 들어온다.

이부열   나를 찾았다면서?

권명희   (의자를 가리키며) 거기 좀 앉아.

이부열   (앉는다) 왜……?

권명희   숙희한테 얘기 들었어.

이부열   …….

권명희   이 화백! 그래도 괜찮다고 생각해? 남이 하면 불륜이고, 자신이 하면 로맨스야?

이부열   (고개를 숙인다)

권명희   윤리라는 건 우리가 오랫동안 지켜온 절대가치야. 물론 내가 도덕군자는 아니지만, 윤리는 우리 나이든 사람들이 우선적으로 지켜야 할 인류 보편의 가치라고!

이부열   (고개를 들고 허공을 응시한다)

권명희   뭐라고 말 좀 해봐!

이부열   나도 알아. 너무 잘 알지. 내가 왜 그걸 모르겠어? 그런데…….

권명희   그런데?

이부열   숙희를 만난 순간, 온 세상 모든 것이 숙희 때문에 존재

하고, 나까지도 숙희 때문에 살아있다는 생각이 든단 말이야. 도덕이고, 윤리고, 종교고 그 무엇도, 숙희와 나, 우리 두 사람, 두 사람의 사랑보다 위에 있지 않다는 생각이 들었어. 그 어떤 것도 사랑보다 우위에 존재하지 않는다는 생각이…….

권명희 미쳤어? 차숙희는 가정이 있어! 남편과 자식이 있다고! 가정주부야! 사십 년 가까이 가정을 지켜온!

이부열 그걸 내가 왜 몰라? 나는 도덕심이 없는 줄 알아? 내가 얼마나 윤리를 소중하게 여기고, 신앙심도 깊은지를…….

권명희 그런데 왜 그래? 나이 든 값을 해야지!

이부열 나이? 그 모든 것을 뛰어 넘는 게 사랑이야! 윤리! 도덕! 규범! 신앙! 그 모든 것을 초월한 게 사랑이야!

권명희 미쳤군! 이 화백은 사탄이야! 그건 악마의 마음이라고!

이부열 사랑을 알아? 세상 모든 것보다 우위에 있는 게 사랑이야! 왜 그런지 알아? 그게 인간의 본성이기 때문이지! 인간만이 지닐 수 있는 게 사랑이라고! 신하고 공유한 것이기도 하고! 신까지 초월하면 그게 완전한 사랑이야!

(뛰어 나간다)

권명희 (일어서서) 완전한 사랑?

10장. 전시장

전시장, 잔잔하게 실내악 연주소리가 들린다.
사람들이 그림이 그려져 있는 전시장을 둘러본다.
차숙희와 남편 김형진이 손님을 접대한다.
이부열과 권명희가 들어온다.

차숙희 어머 명희 언니! 이 선배 어서 오세요. 여보, 인사하세요, 권명희 선배세요.

김형진 말씀 많이 들었습니다. 반갑습니다. 이런 미인이신 줄 몰랐습니다! 참 아름다우세요!

차숙희 여보!

권명희 다들 그러더군요. 고맙습니다. 미를 보는 안목이 높으시네요. 참! 제 친구 이부열 화백입니다. 인사하시죠.

김형진 유명하신 분이라, 성함은 들어서 알고 있었습니다. 뵙게 되어서 영광입니다. 와주셔서 감사합니다. 참 핸섬하십니다! 외국영화배우 같으세요.

차숙희 여보!

이부열 감사합니다. 반갑습니다. 말씀 많이 들었습니다. 부인께서 개인전을 여시니, 기쁘시겠습니다. 축하합니다.

김형진 오십이 넘어서 다시 시작한 그림인데, 이렇게 잘 그릴 줄은 몰랐습니다. 이게 다 두 분께서 도와주신 덕분이죠.

앞으로도 제 집사람을 잘 좀 지도해 주십시오. 얼마나 자랑스러운지 모르겠습니다. 하하하……! 앞으로 자주 뵈었으면 좋겠습니다. 두 분께서 문화 예술에 관한 말씀 좀 들려주십시오. 제가 답례는 꼭 하겠습니다.

권명희 그렇게 하도록 하죠.

김형진 참으로 기쁜 날입니다, 하하하……!

이부열 그러시겠습니다. 하하하!

권명희 호호호! 숙희야! 네 남편 참 호인이시다! 인상이 어쩌면 이렇게 좋으시지? 앞으로 자주 뵈었으면 좋겠네요.

차숙희 언니!

김형진 저도 그랬으면 합니다. 하하하!

차숙희 여보!

사회자 자— 여러분! 이제 시간이 되었으니, 테이프 커팅을 하겠습니다. 차숙희 선생님, 남편 되시는 김형진 선생님, 그리고 이부열 화백님, 권명희 화백님, 가위 드시고 테이프 앞으로 가까이 와 주세요.

차숙희, 김형진, 권명희, 이부열이 테이프 앞에 선다.
실내악의 연주소리도 그친다.
말끔한 차림의 윤정순이 꽃다발을 안고 들어온다.

사회자 자! 커팅하세요.

네 사람이 가위로 테이프를 절단한다.

사람들 박수친다.

윤정순이 차숙희에게 꽃다발을 준다.

차숙희　어머! 정순 아줌마, 고마워요. (꽃다발을 받고 윤정순을 껴안는다)

사회자　자! 이번에는 국전 심사위원을 역임하셨고, 국전초대작가이신 이부열 화백의 축사가 있으시겠습니다.

이부열　안녕하십니까? 인사동 문화예술축제행사에 맞춰 개인전을 여신 차숙희 여사께 진심으로 축하한다는 말씀을 드리는 바입니다. 더구나 사십 년 만에 다시 붓을 잡고 그리신 그림이 이처럼 독특하고 강렬하고 뛰어난 작품이 된 것에 감탄과 격려의 박수를 보냅니다. 작품에서 붓을 멀리 했던 공백 기간이 느껴지지가 않습니다. 오히려 차숙희 여사의 심성이 작품에 표현되고 경륜에서 풍기는 향까지 그림에 감도는 듯싶습니다. 더욱 정진하셔서 명화를 창출하시기 바랍니다. 감사합니다.

사람들이 박수친다.

사회자　이번에는 차숙희 여사의 답사가 있으시겠습니다.

차숙희　이렇게 성황을 이뤄주셔서 무어라 감사의 말씀을 드려야 할지 모르겠습니다. 제가 금년에 환갑입니다. 그림을 전공은 했으나, 가정상의 이유로 사십년 가까이 그림을 그리지를 못 했습니다. 그림도 그렇지만 예술적 행위를 하는 데에는 창작을 뒷받침할 만한 계기가 있어야, 창작에 박차를 가할 수 있습니다. 저는 솔직히 삼십 년을 어떤 충동이나, 열정이 없이 살았습니다. 그저 창작과는 무관하게 그저 평범한 생활인으로 산거죠. 그것이 나쁘다는 것은 아니지만, 저는 그림을 다시 시작함으로 해서 삶의 보람을 찾았고, 인생의 기쁨을 알았고, 진정한 사랑도 알았습니다. 제가 그림을 다시 그릴 수 있게 해준 제 남편과 창작에 박차를 가하도록 도와준 권명희, 이부열 두 선배님께도 감사함과 사랑하는 마음을 보냅니다. 정말 고맙습니다. 고마움에 보답하는 뜻으로 제가 평소에 좋아하는 노래를 하나 불러드리겠습니다.

(노래한다)

눈으로 사랑을 그리지 말아요,
입술로 사랑을 말하지 말아요.
영원한 사랑을 바라는 사람은
사랑의 진리를 알지요.
참 사랑은 가난함도 부요함도 없어요.
괴로움도 즐거움도 주와 함께 나눠요.
나의 가장 귀한 것 그것을 주는 거예요.

사람들이 박수친다.

윤정순이 고개를 끄덕이며 객석 가까이 온다.

윤정순 이 극의 연인들처럼 자유 분방한 사랑을 하는 사람들이
또 있을까요? 그게 나쁜 건지 좋은 건지는 여러분의 현
명하신 판단에 맡기겠습니다. 그럼 다음 장면을 보시죠.

11장. 국도변 풍경

무대 왼쪽과 오른쪽에 승용차 역할을 하는 조형물이 놓여있다.

무대 오른쪽 승용차용 조형물에는 차숙희와 이부열이 앉아있고, 무대 왼쪽 조형물에는 권명희와 김형진이 앉아있다.

오른쪽에서는 차숙희가, 왼쪽에서는 김형진이 운전을 한다. 승용차의 움직임에 따라 배경 막에 전원 풍경이 영상으로 펼쳐진다.

차숙희　이 선배와 함께 드라이브를 하다니, 꿈만 같아요.

이부열　숙희 개인전 뒤풀이를 대성리에 있는 별장으로 가서 하자고? 대성리 어느 쪽에 있나?

차숙희　화야산 쪽이에요. 화야산 전경이 바라다보이고 좋아요.

이부열　대단히 아름다운 곳이지, 대성리나 팔당 쪽으로 경치가 빼어난 곳이 많아요.

차숙희　가보셨군요? 서울과 가까운 곳이면서도 공기가 맑고 산세도 빼어났죠. 삼림욕장도 얼마나 좋은지 몰라요.

이부열　나도 정년퇴직 후에 화야산 자락으로 가서 살고 싶군요.

김형진　모시게 되어서 영광입니다. 권 여사 같은 미모의 여류화가와 데이트를 하게 될 줄 누가 알았겠습니까?

권명희　제가 고맙죠. 김 선생님 같으신 분하고 드라이브를 하게 되어서요.

김형진　　제가 아주 경치 좋은 곳으로 안내를 하겠습니다.

권명희　　어디로 가시게요?

김형진　　화야산 속에 제 별장이 있습니다. 그리로 모시려고요.

권명희　　어머! 대성리 화야산 말씀이로군요? 거기 경치가 대단히 아름다운 곳이에요.

김형진　　잘 아시는군요? 가끔 오셨나보죠?

권명희　　우리 사돈댁 고향이에요. 입구에 폭포가 있고, 좀 들어가면 운곡암이라는 절이 있죠. 아주 좋은 곳에 별장을 마련 하셨네요.

김형진　　화야산도 등산하기가 매우 좋은 곳입니다.

권명희　　북한강 부근에는 어쩌면 가는 곳마다 숲이 이렇게 잘 우거져 있을까요? 그리고 산과 맑은 물, 아름다운 산과 맑은 강물이 계속 이어져 있어요. 참으로 축복 받은 고장이에요.

김형진　　권 여사께서 그렇게 말씀하시니, 축복을 받은 고장인 듯 싶습니다.

권명희　　그래요? 호호호…….

김형진　　그럼요, 하하하…….

이부열　　저기 팔당대교가 보이는군?

차숙희　　네, 거기서 우회전해서 가면 돼요.

이부열　　날씨가 참 좋고 아름답군!

차숙희　　어쩌면 이렇게 좋을까요? 우리 둘이서만 별장으로 간다

　　　　 는 생각을 하니, 즐겁고, 행복해요! (이부열을 쳐다본다)

이부열　　나도 행복하오! (쳐다보다가 차숙희에게 입을 맞춘다)

권명희　　어쩌면 하늘이 저렇게 맑고 높죠? 상쾌해요!

김형진　　날씨까지도 기가 막힙니다! 그것보다도 권 여사께서는 음성도 고우시군요. 말씀하시는 소리가 노래 소리보다도 더 듣기 좋습니다. 입술도 어쩌면 그렇게 요염하십니까?

권명희　　요염해요? 정말요? 정말 그렇게 보이세요?

김형진　　제가 왜 맘에 없는 말을 하겠습니까?

권명희　　그럼 키스해 주시겠어요?

김형진　　정중히 사양하겠습니다. 제가 키스를 하기에는 너무나도 아까운 입술이라서요. 장차 아름다운 권 여사에게 다가갈 멋진 남성을 위해 건드리지 않겠습니다.

권명희　　너무나 멋진 거절이세요. 김 선생님은 정말 훌륭하신 분이세요. 존경해요. 존경하는 분하고 드라이빙을 하니, 마음이 다 맑아지네요.

김형진　　감사합니다.

차숙희　　선배! 나 행복해요, 이렇게 행복해 보기가 처음인 것 같아요.

이부열　　나도 행복하오.

권명희   오! 나이가 들고도 멋지고 젠틀한 남자를 만나기가 어려웠는데, 김 선생님이야 말로 정말 젠틀하신 분이세요. 함께 드라이브를 하는 게, 이처럼 즐겁고 행복한 마음이 들 줄은 생각하지 못 했어요. 김 선생님을 사랑하게 될 것 같아요.

김형진   감사합니다. 말씀을 들으니, 나 역시 행복하다는 마음이 드는데요.

권명희   그럼 행복하다고 소리쳐 보시죠. 함께 소리칠까요?

네 사람   우리보다 더 행복한 사람이 있으면 나와 보라고 그래!

네 사람   (영원한 사랑을 합창한다)

눈으로 사랑을 그리지 말아요.

입술로 사랑을 말하지 말아요.

영원한 사랑을 말하는 사람은

사랑의 진실을 알지요.

참 사랑은 가난함도 부요함도 없어요.

괴로우나 즐거우나 주와 함께 나눠요.

나의 가장 귀한 것 그것을 주는 거예요.

윤정순에게 스포트라이트가 들어간다.

윤정순   별장에 도착하면 네 사람은 어떻게 될까요? 생각만 해도 웃음이 터집니다. 결과가 어떻게 될 거냐고요? 그럼 마지막 장면을 보시죠.

종장(終場). 별장

차의 멈추는 소리가 들리면, 배경 막에 영상으로 화야산의 전경이
펼쳐진다.

무대 왼쪽과 오른쪽 승용차용 대도구에서 일어난 네 사람이 무대
중앙으로 나오다 서로 쳐다보며 선다.

차숙희&이부열 아니?

권명희&김형진 어?

차숙희 여보! 어머! 명희 언니! 여기 어쩐 일이세요?

권명희 응? 그게 말이야.

차숙희 언니!

김형진 이 선생! 안녕하십니까?

이부열 아! 네……

김형진 여기까지 오실 줄은 몰랐습니다.

이부열 그게…… 저…….

차숙희 이 선배님이 그림 그릴 장소를 찾는다고 해서요.

이부열 네. 그리기에 마땅한 장소를 찾던 중입니다.

김형진 그럼 권명희 여사도 그림 그릴 장소 때문에 여기에 오신
거로군요?

권명희 네? 아! 그런 목적도 있겠죠. 직업이 화가니까요.

김형진　여보. 당신이나, 나나, 이 분들의 그림 그릴 장소를 마련해 주려고, 여기 별장으로 온 거로군?

차숙희　그럼요. 그것 말고 다른 이유가 있겠어요?

김형진　이 선생께서도 그러신가요?

이부열　그럼요. 절대로 다른 목적은 없습니다.

김형진　(차숙희에게) 당신도?

차숙희　그렇다고요.

김형진　권명희 여사! 권 여사께서도 나하고 이 별장으로 오시며, 그림 그리겠다고 말씀하신 적이 있으셨던가요?

권명희　그게…… 저…… 그런 얘기를 한 적은 없습니다만, 경치 좋은 장소에서는 늘 그림을 그려왔으니까, 그림을 그릴 목적도 있었겠죠.

차숙희　맞아요! 우리 모두 그림 그릴 목적으로 왔어요!

김형진　모두 같은 목적으로 오셨다는 말씀이로군요?

이부열&권명희&차숙희　네!

김형진　틀림없는 사실이라고 저도 믿습니다! 저는 제 아내를 진심으로 사랑하고 있습니다. 그렇기에 제 아내의 미세한 행동까지도 의식하고 느끼고 있었습니다. 아내의 숨소리와 심장의 고동 소리까지도 느낄 정도로요. 아내에게서 일어나는 어떤 작은 변화라도 감지하는 편입니다. 그런데 요즘 제 아내에게서 변화가 나타났습니다. 번민과 희열이 동시에 나타나면서, 아내는 괴로워하다가도 또 환희에 젖는 것이었습니다. 나는 아내의 그런 변화를 의

식했습니다.

차숙희　여보!

김형진　아내의 변화와 병행해 아내는 날이 갈수록 점점 예뻐지고, 한창 나이가 지났는데도 갓 피어오르는 꽃처럼 싱싱해 보이고 향기까지 흩날리는 듯 느껴졌습니다.

차숙희　오!

김형진　그래서 나는 아내를 위해서 그 변화를 긍정적으로 받아들이기로 마음먹었습니다. 설사 아내에게 부도덕하고, 부정적인 일이 발생한다고 하드라도, 아내를 위해서라면, 참고 견디겠다는 결심을 했습니다.

차숙희　오! 여보!

김형진　그 변화가 내가 부족해서 생긴 일이라면, 그 대상이 무엇이건, 상대가 누구이건, 아내를 위해서라면 제 자신이 감수하겠다는 결심도요.

이부열　김 선생!

김형진　설사 아내가 도덕이나 윤리를 벗어나는 행위를 했다고 하더라도, 그러한 아내의 윤리를 벗어난 행위까지 사랑해야, 완전한 사랑이고 영원한 사랑이라는 생각을 한 겁니다.

권명희　오!

차숙희　여보!

이부열　김 선생!

권명희　김 선생님은 사랑의 신이세요!

차숙희　여보! 저는 당신이 그토록 저를 사랑하시는지 몰랐어요!

이부열　김 선생님! 존경합니다! (무릎을 꿇는다)

권명희　저도요! (무릎을 꿇는다)

차숙희　여보! (무릎을 꿇는다)

김형진　왜들 이러십니까? 제 마음을 고백했을 뿐인데…… 이런 행동을 보이시면 제가 쑥스러워집니다. 어서 일어서십시오. 제발요.

차숙희&이부열&권명희　(천천히 일어선다)

김형진　자―이리로 오시지요! (무대 전면으로 나오며) 제 별장 자랑 좀 하겠습니다. 보세요, 별장 바로 앞에 흐르는 강이 물결을 출렁이며 자태를 뽐내고 있고, 별장 뒤로는 화야산의 봉우리가 우뚝 솟아 있어, 웅장하고 빼어난 산세가 여간 아름답지가 않습니다. 그리고 파릇파릇한 잔디, 바로 이 위에서 가든파티를 열면, 어떤 신선인들 우리와 견주겠습니까? 자 파티준비를 하러 모두 별장 안으로 들어가십시다. 자―어서요!

경쾌한 음악과 함께 네 사람이 별장으로 들어간다.

윤정순이 등장한다.

윤정순　재미있게 보셨나요? 좀 독특한 사랑의 얘기 같아서 연극으로 만들어 봤습니다. 저도 요즘 그림을 그리고 있답니다. 또 압니까? 늦게 화가가 될지? 그림을 그리면, 이 연극에 등장한 인물들처럼 사랑에 빠지게 될지 누가 압니까? 웃지 마세요. 사람의 일은 모르는 겁니다. 하기야 사랑도 할 수 있을 때 해야지, 저처럼 나이가 들면 사랑하기가 여간 어려운 게 아니죠. 하지만 저는 희망을 잃지 않겠습니다. 쉿! 우리 영감한테는 비밀입니다! 불륜이요? 불륜까지도 사랑해야 완전한 사랑이라는 이야기를 벌써 잊으셨어요? 여러분! 구경해 주셔서 감사합니다.

경쾌한 음악소리와 함께 막이 내린다.

＊2020년 1월 7일 잠원동에서 탈고.

한국 희곡 명작선 42

완전한 사랑

초판 1쇄 인쇄일   2021년 1월 10일
초판 1쇄 발행일   2021년 1월 20일

지 은 이   박정기
만 든 이   이정옥
만 든 곳   평민사
           서울시 은평구 수색로 340 〈202호〉
           전화 : 02) 375-8571
           팩스 : 02) 375-8573
           http://blog.naver.com/pyung1976
           이메일 pyung1976@naver.com
등록번호   25100-2015-000102호
ISBN   978-89-7115-740-4 03800
           978-89-7115-663-6 (set)
정   가   6,000원

· 이 책은 사단법인 한국극작가협회와 아름다운 분들의 희망편딩을 통해 출간되었습니다.